De cor

De cor

Lelena Lucas

EDITORAS ASSOCIADAS

Para Francisco e Alexandre, meus filhos.

Ambiguidade violeta

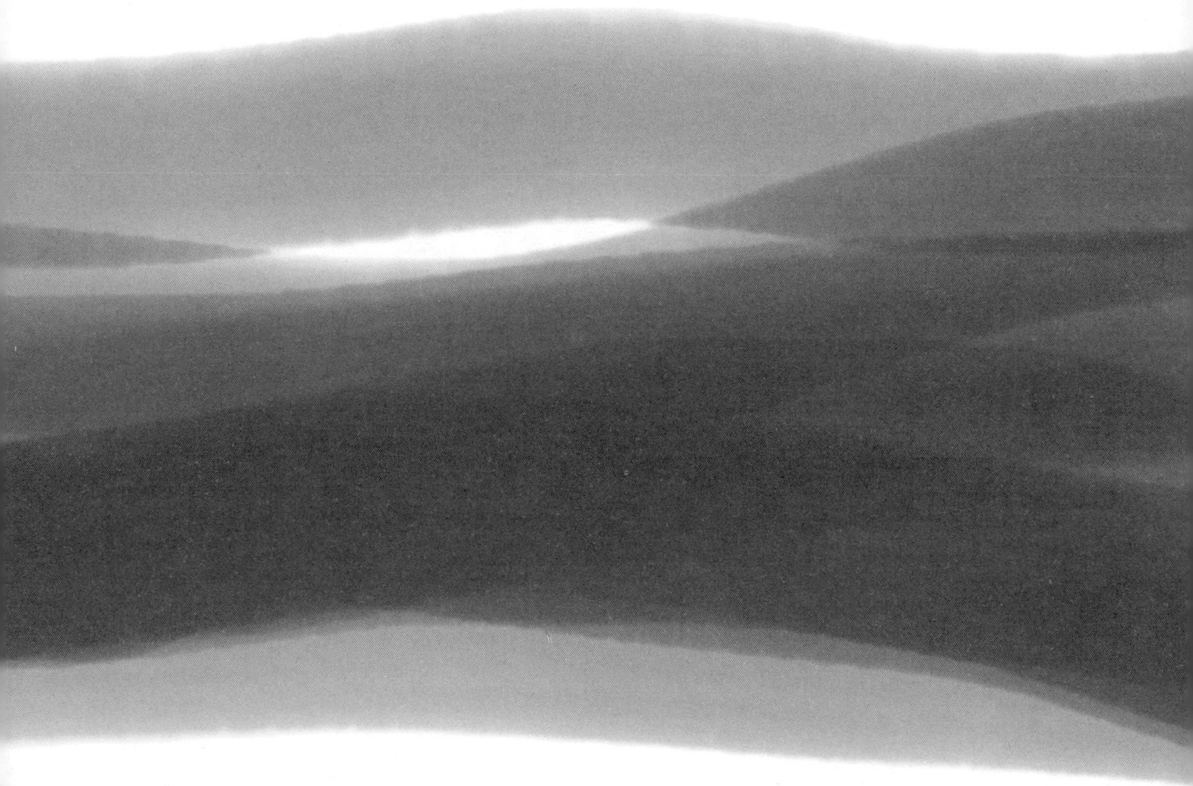

1

Céu e inferno
azul e vermelho
início e fim
se danem os destinos
e as premonições
nada recomeça
todo começo
é outra coisa

2

O pequeno vaso

abriga a flor aveludada

para se somar

à janela

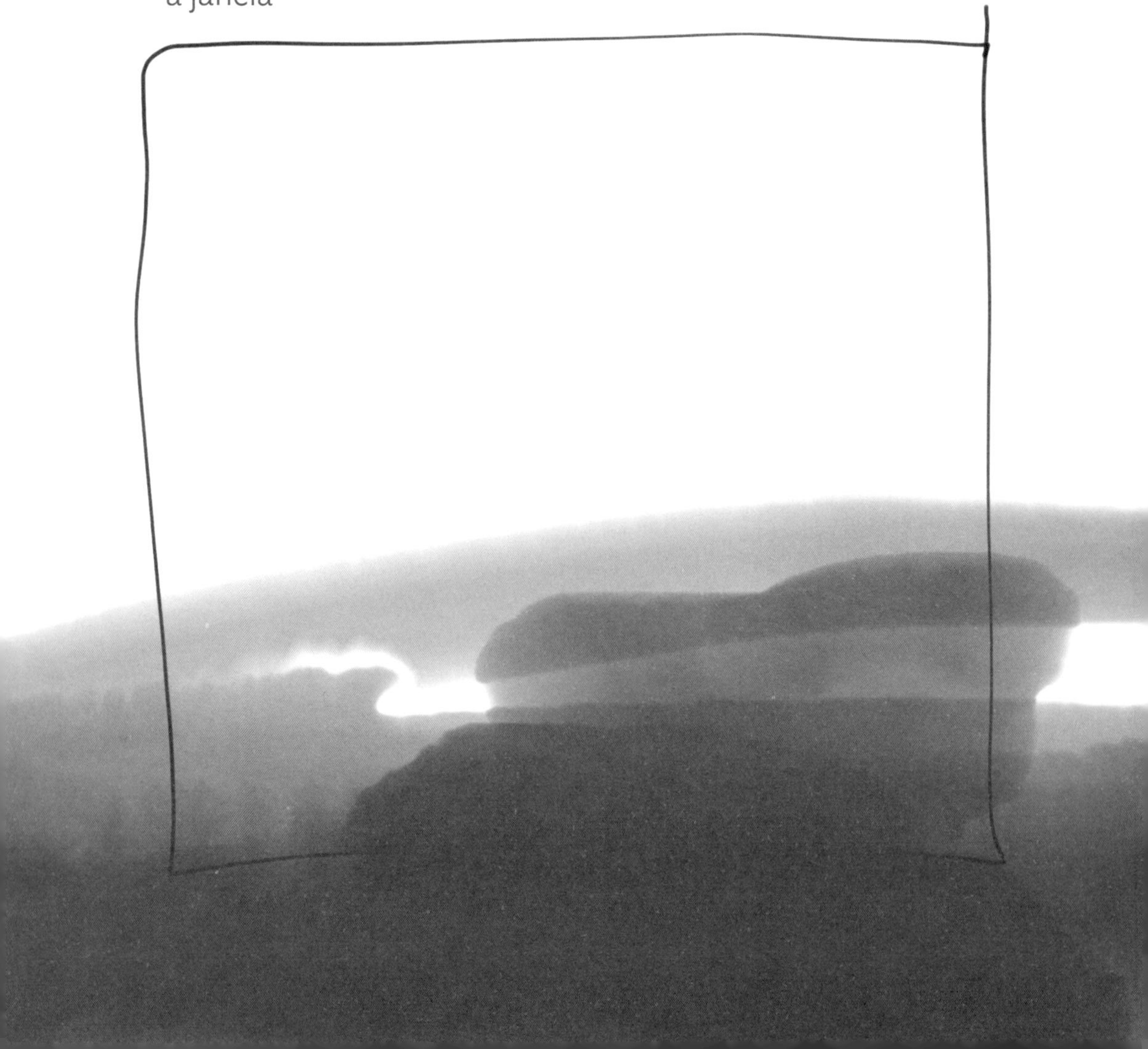

3

Tadinha

caiu na escada

outra vez

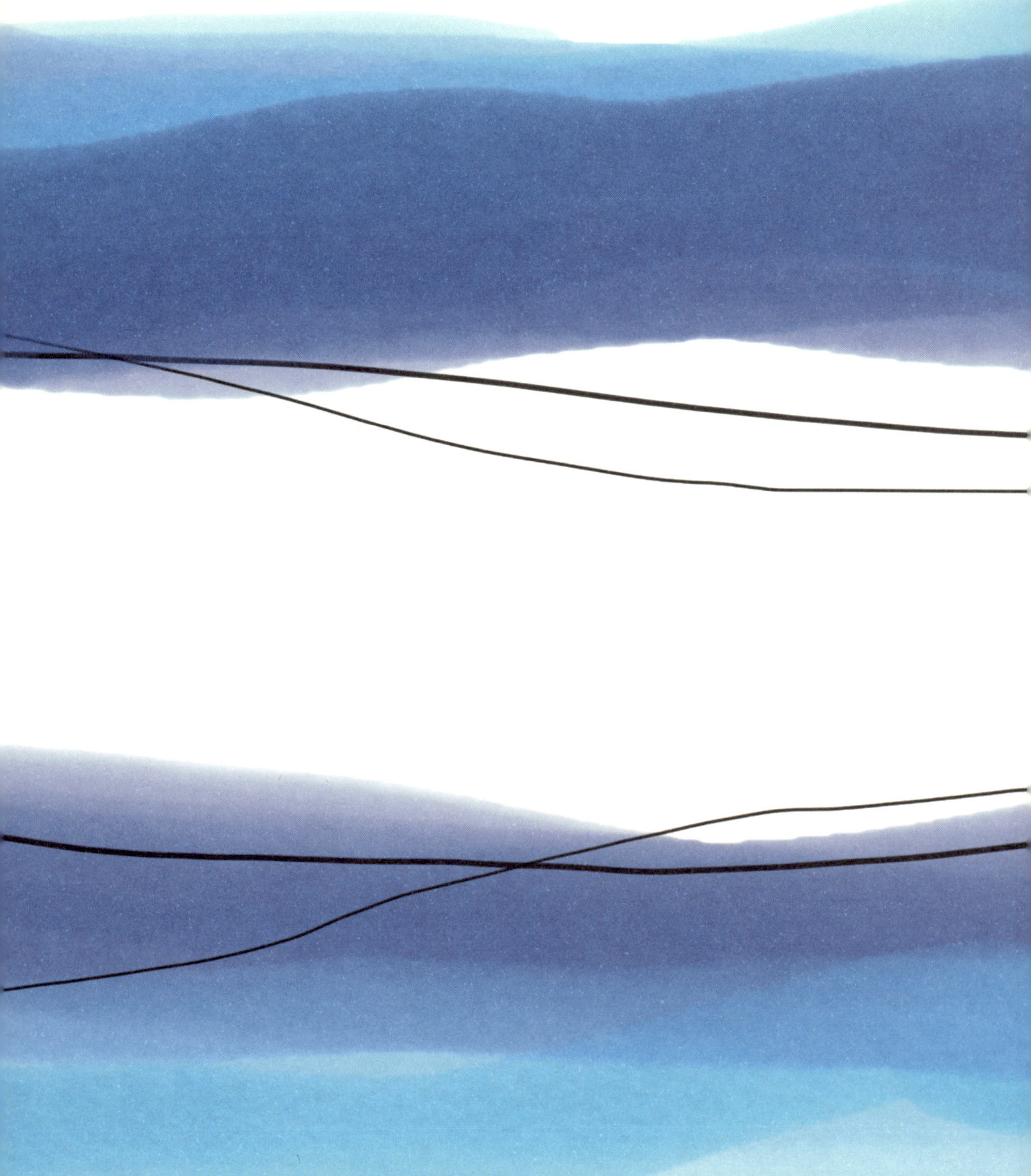

Critérios do azul

1

Ter os pés no chão
propõe limites
irreparáveis
às pessoas

2

Causam pena
alguns objetos
um grampeador estragado
a peça desgarrada de um mecanismo
que não funciona mais
também o vestido
guardado no maleiro
aquele lápis no estojo
que nunca tem a ponta gasta
porque a cor não se sabe
e em nada se parece
com o azul

3

Estou caindo
disse Alice

4

A brita sobre

o caminho de terra

revela sob o cinza

o azul

(tem que reparar bem)

5

Rogo:
Joga a tua graça
o teu manto
sobre a dor
– que sob um dia ensolarado
se expõe
indecente

6

A maquiagem
escorre das pálpebras
mais um gin
no desamparo
neon

7

Ao seguir na estrada
a noite mudou
o tom do asfalto
e o do meu silêncio
e o do seu silêncio

8
Não me venha com o céu

9

É preciso mais
que uma guitarra
uma noite
e um pouco de dor
pra cantar um blues

10

Quando respirar

é algo

que se perceba

11

A placa
de trânsito
que dissesse
descanse um pouco
agora

12

É um menino!

?

13

A água tem cor

na piscina

mais ainda no mar

14

Nos olhos

brilha

a safira

desconcertante

vê-la chorar

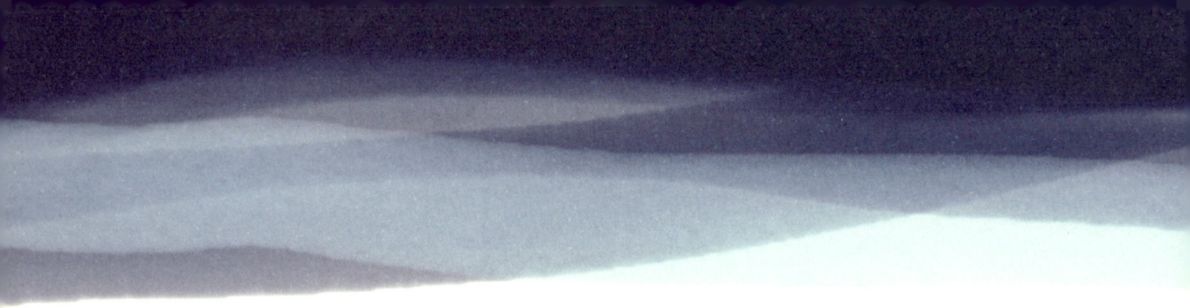

15

A esperança

pode ter

outra cor

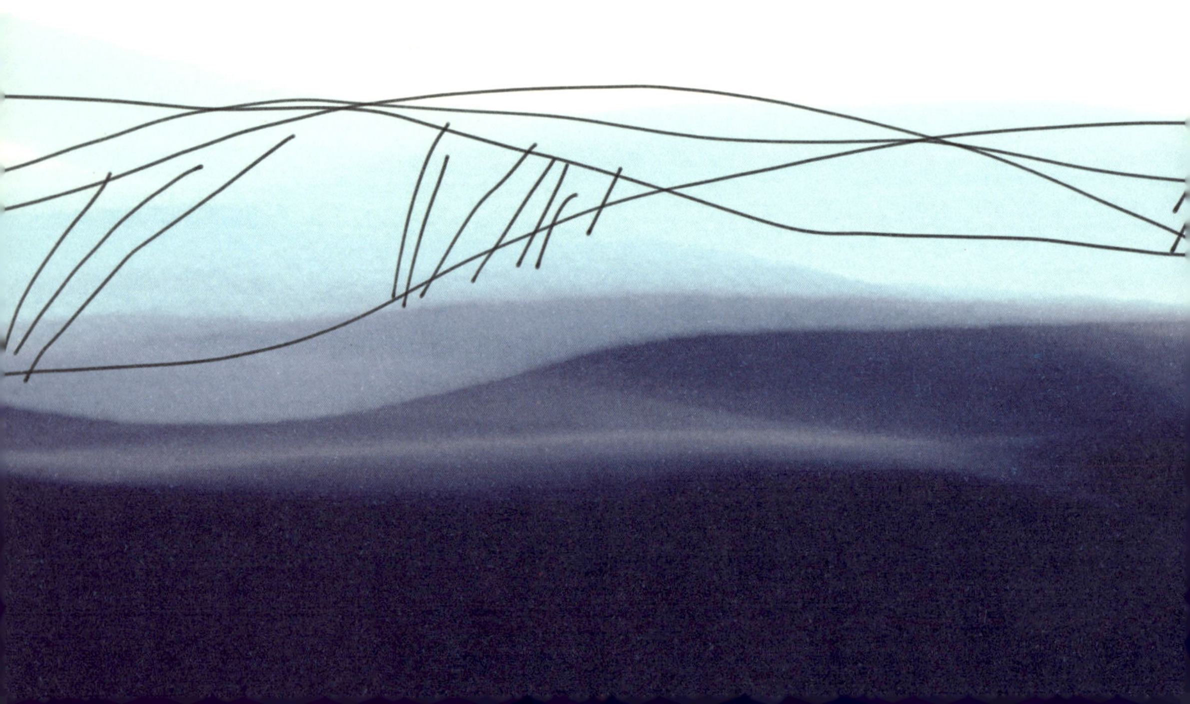

16

Ficou linda
a porta da casa da
Das Dores
pintada assim
em contraste
com o amarelo

17

Sem desejo
nem medo
daqui avisto
longe
uma camada
de montanhas
e por detrás mais outra
e mais uma ainda

Sinal verde

1

A janela emoldura
as árvores enfileiradas
As sem moldura
nem praça
têm outra graça

2

A planta

boba e frágil

brota desavisada

da trinca no cimento

3

Não me venha com esperança

4

Dona Esmeralda fez
tortas, bolos e muitos filhos
Já que muito não lhe foi permitido
fez a primavera
no vaso da sala
Custava-lhe o tempo que passava
Morreu repentinamente
olhando as horas
(há quem diga o relógio)

O que seria do amarelo?

O que seria do amarelo?

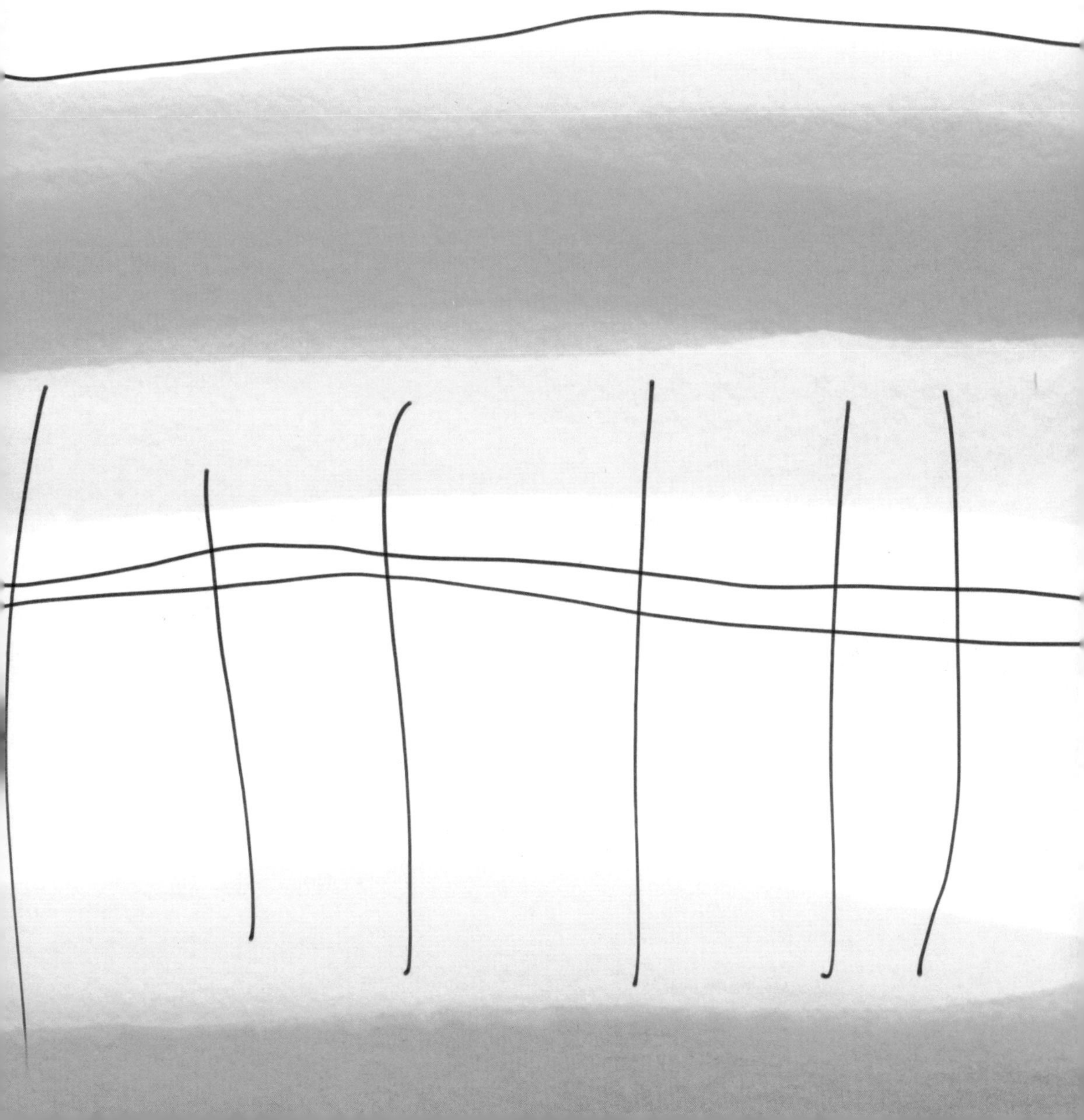

1

O canário

no murinho

Minha manhã

sem asas

2

Eu disse: senta, amiga
ao meu lado nesta sombra
no chão esparramado de amarelo
das flores que o ipê desprende
Vem comigo imaginar
que se desprenderão todas
até que um ciclo inteiro se cumpra
e outras tão amarelas brotarão
e que isso é certo
Vem, amiga
falar de intimidades
fazemos isso tão bem
Lê comigo esses poemas
como quem compartilha o vinho
até ficarmos tontas

E assim se deu
e no verão que seguira
um raio interrompeu
as possibilidades do ipê
e isso, sim, era certo

3

Poderia viajar
casar de novo
mudar de endereço
de trabalho
até de sexo já podia
mas amarelou

4
Não me venha com o seu sorriso

5

Das Dores pintou
a porta de azul
sua casa
plantada no alto da montanha
parece sempre
um dia de sol

Euforia laranja

1

A fruta amadurece
lenta
sobre a mesa
o tique do relógio
imprime um ritmo
às mudanças
da sua cor
taque

2

Não me venha com o poente nem com a aurora

3

Dona Aurora
tocava piano
reunia a família
em torno de si
com o passar dos anos
confundiu as coisas
esqueceu
foi embora
aos poucos
como o sol
por trás do mar

4

O fogo consumiu tudo
ficaram a contemplar
as cinzas
os livros voavam em brasas
os documentos se perdiam em pó
tapetes, cortinas, bordados
tudo chama
a mulher de tão livre
viu o fogo renascer entre as pernas
tomou rumo
e foi sem que ninguém soubesse mais dela

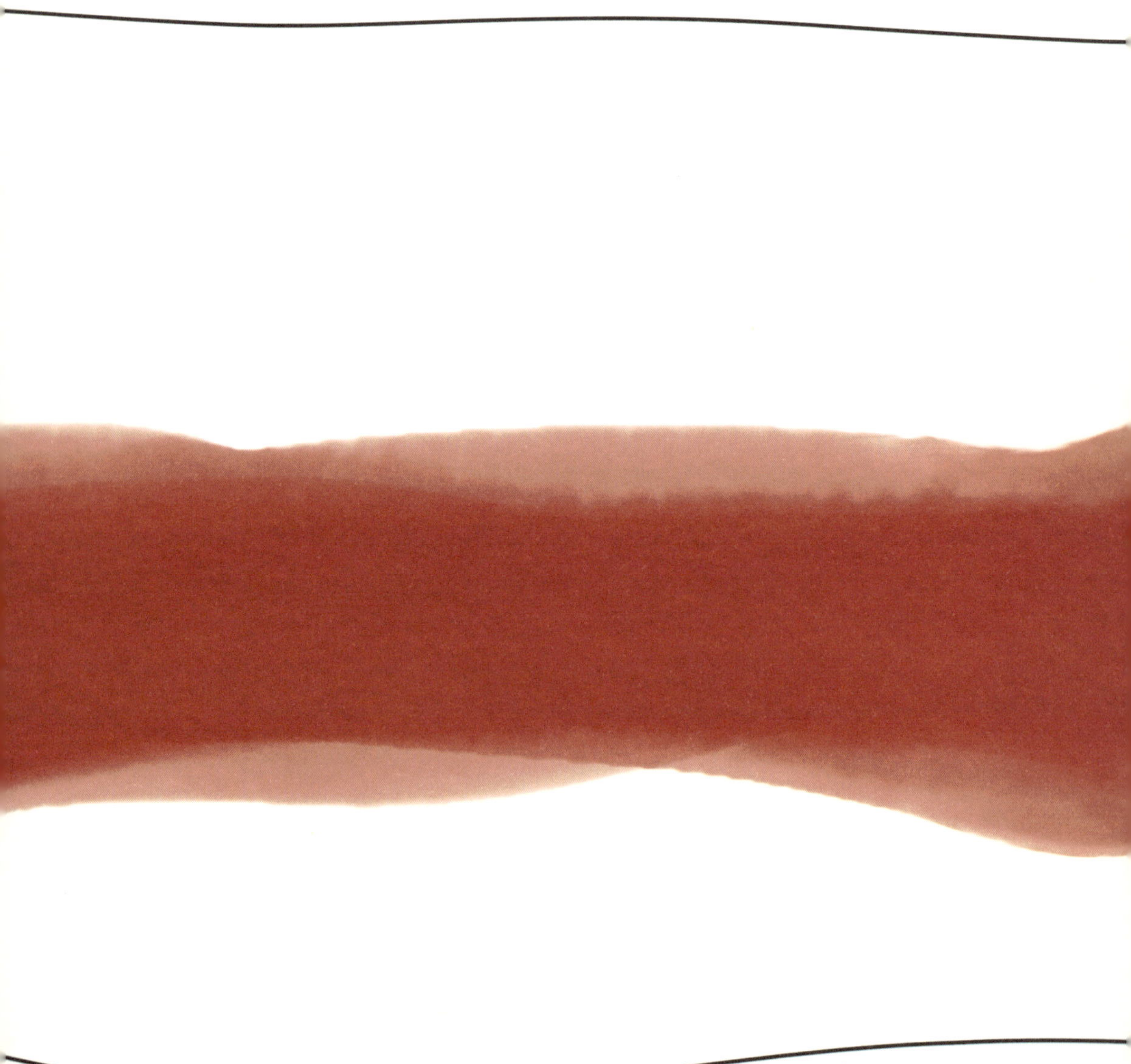

Impressões em vermelho

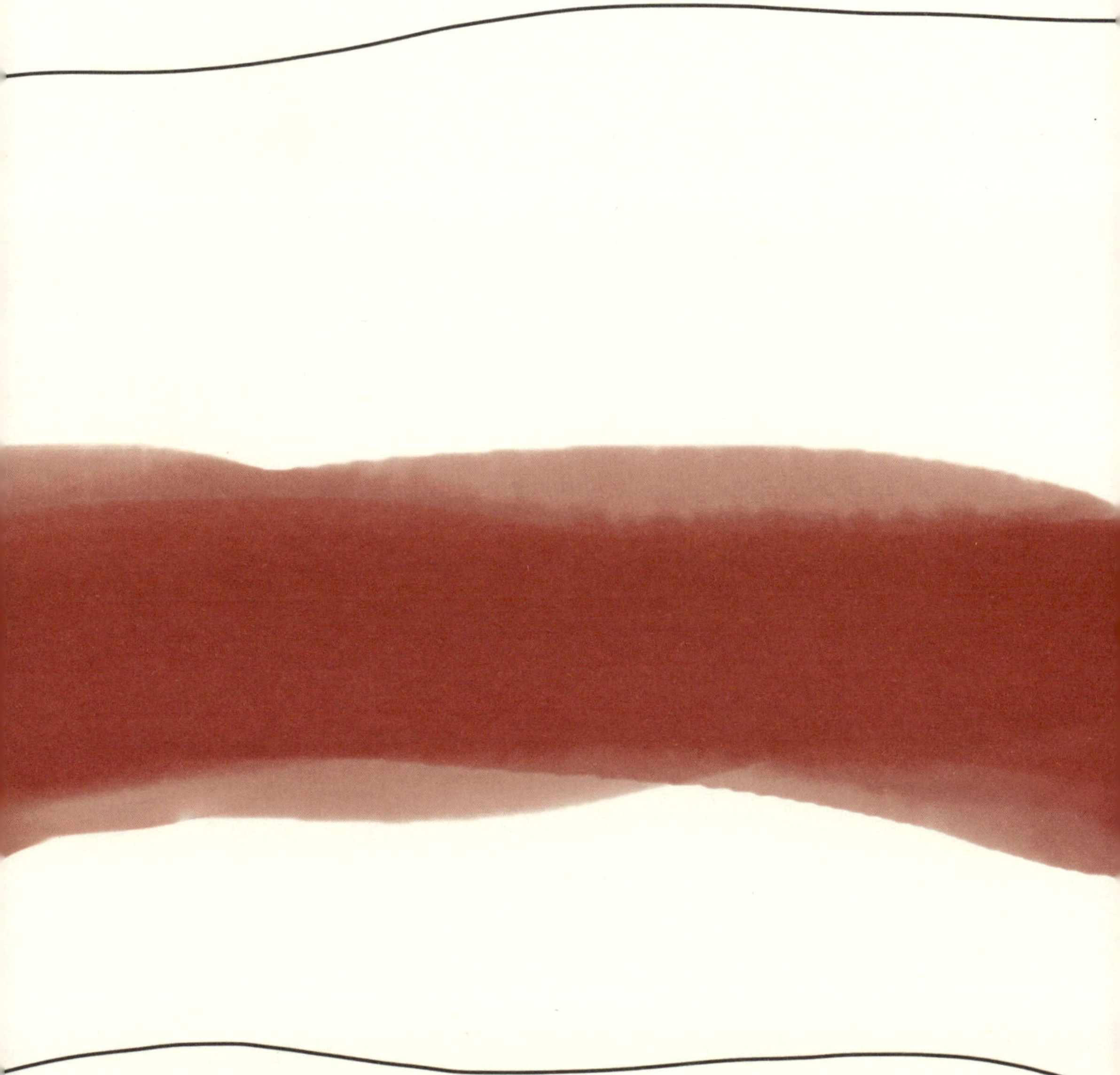

1

Nunca mais
estancou o vermelho
que se estendeu
sob meus pés
tive que seguir
derramada

2

Todos os pecados
foram ditos
nas treliças
de cedro
Não sobrou
nenhum pra mim

3

Bem me mal me quer
a joaninha
que espantou de vermelho
o branco da pétala

4

Não me venha com a rosa

5

Resta a lua
para redimir os ciclos
quando não há mais
o que escorrer do ventre

6

Nem batom

nem beijo

sua camisa imaculada

suspensa no cabide

7

Perdida a estação
cada fruta madura
despencou
apodreceu
no chão

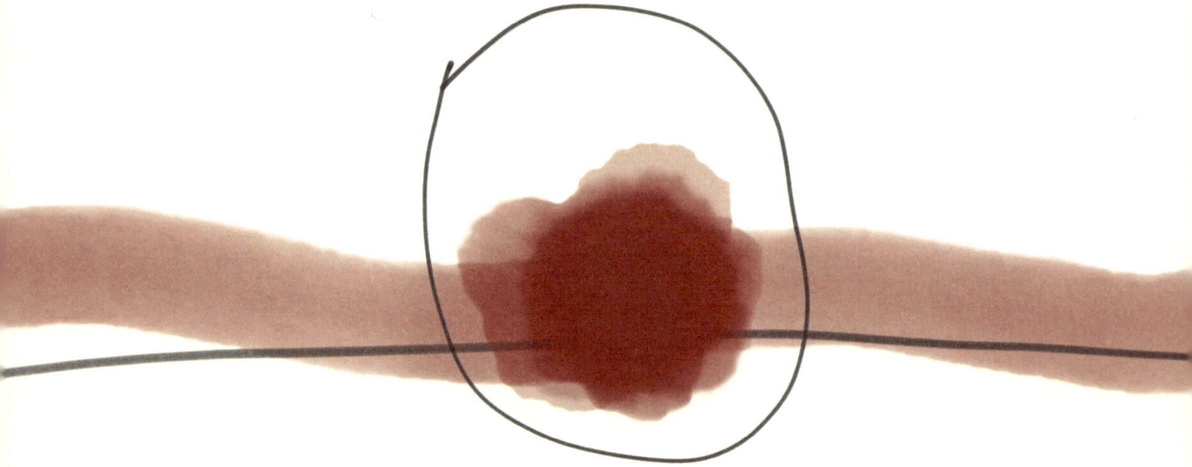

8

No assoalho da infância

a cera manchou

pra sempre

a sola dos pés

9

Os cabelos da boneca
da moça tatuada
da senhora
que engordou
e não teve tempo
de retocar a raiz

10

A correção

da professora

na beira

da prova

deixa escapar

a nota

11

Um campari

porque cansa

o mesmo

de todo dia

12

As bolas do vestido
o xadrez da toalha do piquenique
as riscas do uniforme
Na renda da calcinha
na fina malha
translúcida
mora outra cor

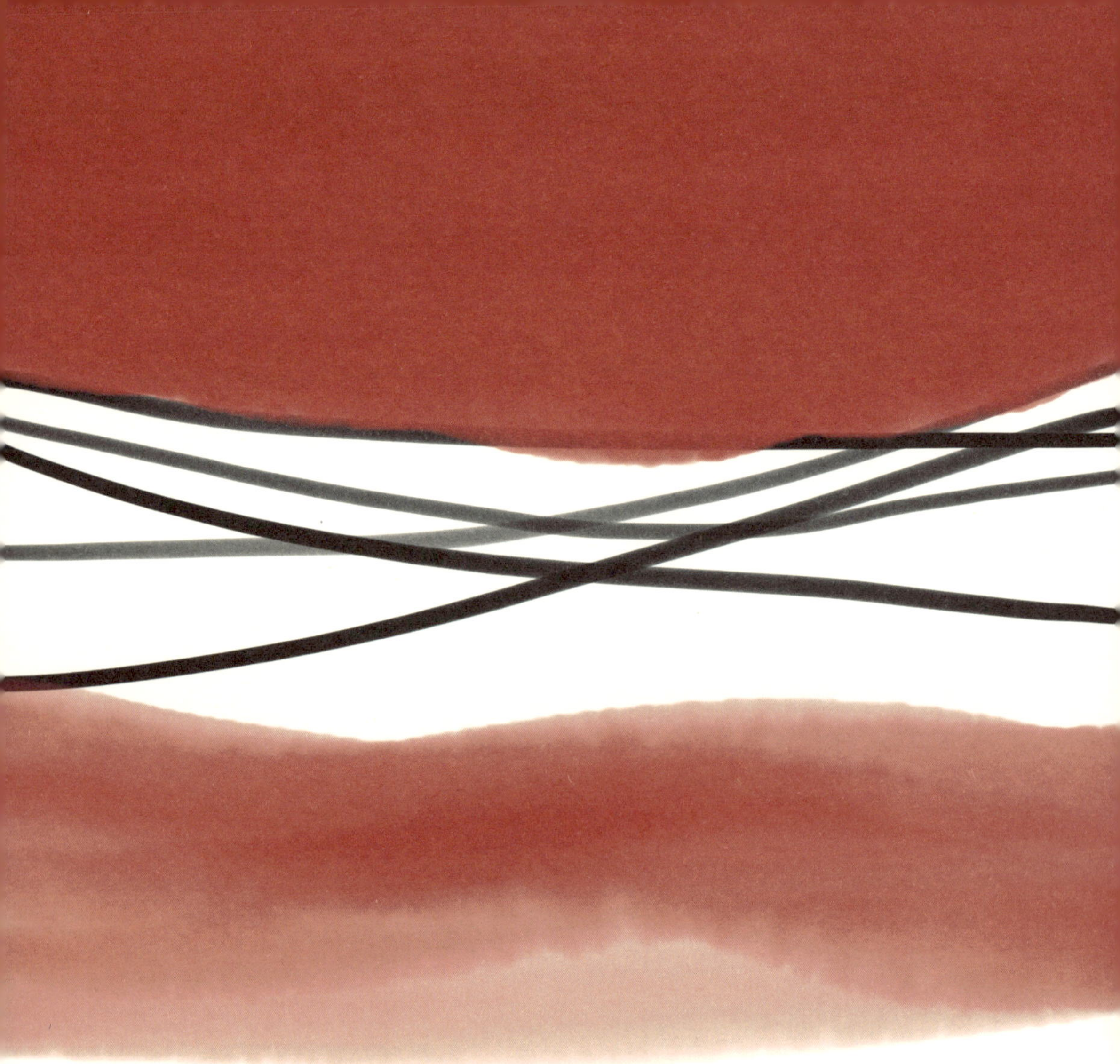

13

Ai, meu São Sebastião

14

Mal passada
uma lembrança
a última noite
e a antes dela
a carne
mal passada

15

A bandeira hasteada

não é da paz

16

Há muito

não avanço

nenhum sinal

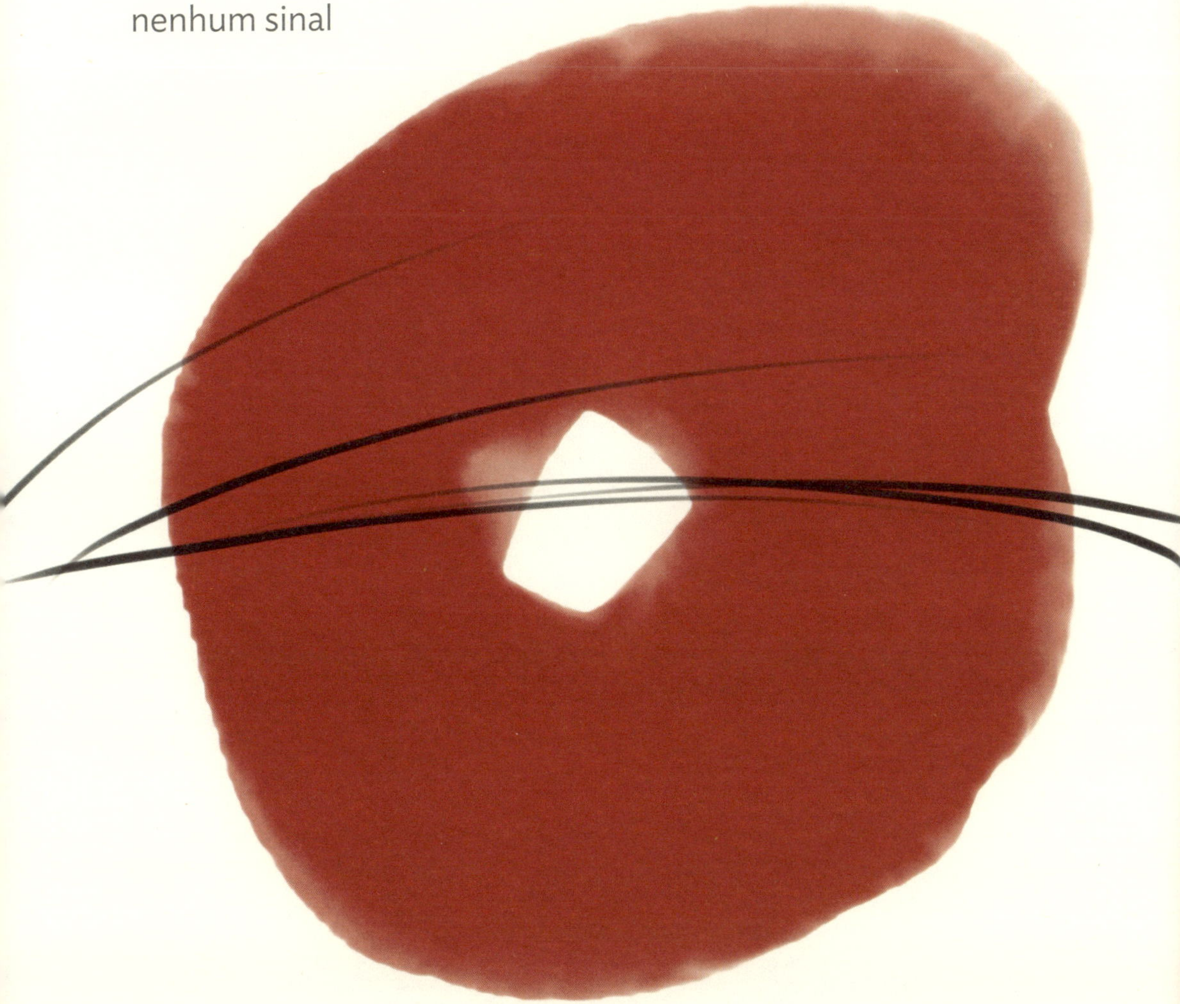

17

Foi-se
mais um dia
para arder
no horizonte
o seu desfecho

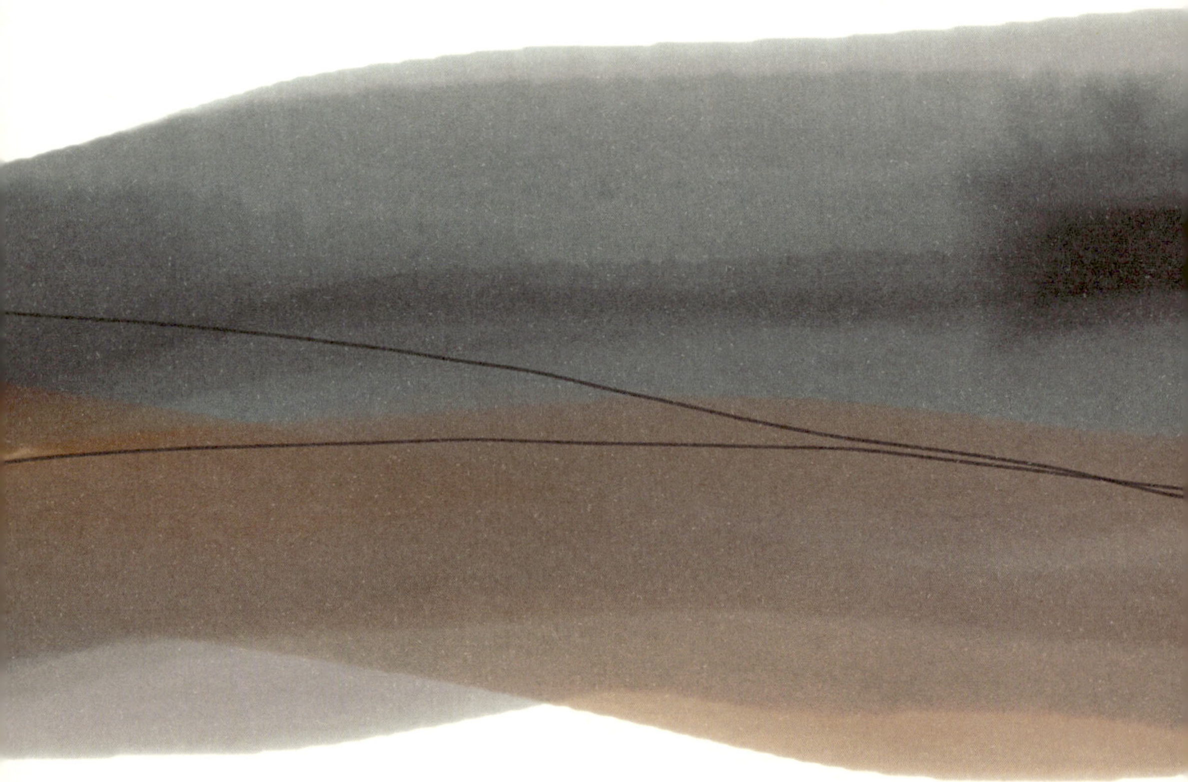

Pretume

1

Preto
simplificação de tudo
que se funde na pele
marrom
ausência de cor não há
Do muito claro
ao mais escuro
arrogância tem qual tom?
Presença reflete
sob o sol amarelo
flagelo dor beleza alegria

sangria

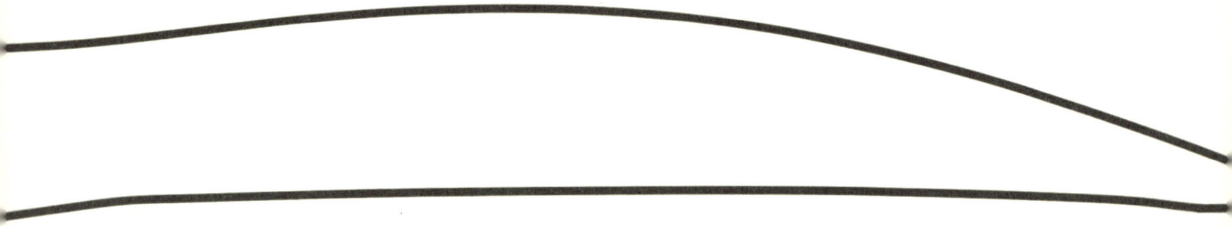

Deu branco

1

Em cada fio branco
do cabelo
uma lembrança
ficou turva

No fim do Arco-íris

1

Não há pedra que se atire
asas de arco-íris
vão voar

2

Onde andam
afinal
os deuses dos homens?
perturbados demais
por queixas pobres
mesquinhas
bobagens
tolices
A quem mesmo
devem eles
misericórdia?

Tom neutro

1

Aurora foi a primeira filha

depois veio Esmeralda

Das Dores é a caçula

Agradecimentos

Ao Fábio Lucas, meu pai, pelo amor maior que o limite pequeno do céu.

Ao Waldir Lau, meu marido, por cada observação precisa, pelo rigor imenso como o amor.

Catalogação na Publicação (CIP)

L933

Lucas, Lelena

De cor / Lelena Lucas ; ilustrações da autora. - Belo Horizonte : Quixote+Do Editoras Associadas, 2019.

120 p.: il. color.

ISBN 978-85-66256-55-0

1. Poesia brasileira. 2. Arte - Temas, motivos. 4. Dança. I. Título.

CDD: B869.

Bibliotecária responsável: Fernanda Gomes de Souza CRB-6/2472

Autora Lelena Lucas
Revisão Valter Braga
Projeto gráfico Ana C. Bahia e Lelena Lucas
Diagramação Ana C. Bahia
Ilustrações Lelena Lucas

Editores
Alencar Perdigão, Cláudia Masini, Luciana Tanure, Thásia de Medeiros

Quixote+Do Editoras Associadas
www.quixote-do.com.br
Rua Fernandes Tourinho, 174
Belo Horizonte, MG, Brasil
Tel: (31) 3227-30-77

FSC www.fsc.org
MISTO
Papel proveniente de fontes responsáveis
FSC® C092828

PRINTED WITH SOY INK®

Fonte Ideal Sans
Papéis Pólen Bold 90 g/m² e Cartão Supremo 250 g/m²
Impressão Formato Artes Gráficas
Tiragem 500